Nota para los padres y encargados:

Los libros de *Read-it!* Readers son para niños que se inician en el maravilloso camino de la lectura. Estos hermosos libros fomentan la adquisición de destrezas de lectura y el amor a los libros.

 El NIVEL MORADO presenta temas y objetos básicos con palabras de alta frecuencia y patrones de lenguaje sencillos.

 El NIVEL ROJO presenta temas conocidos con palabras comunes y oraciones de patrones repetitivos.

 El NIVEL AZUL presenta nuevas ideas con un vocabulario más amplio y una estructura gramatical más variada.

 El NIVEL AMARILLO presenta ideas más elevadas, un vocabulario extenso y una amplia variedad en la estructura de las oraciones.

 El NIVEL VERDE presenta ideas más complejas, un vocabulario más variado y estructuras del lenguaje más extensas.

 El NIVEL ANARANJADO presenta una amplia de ideas y conceptos con vocabulario más elevado y estructuras gramaticales complejas.

Al leerle un libro a su pequeño, hágalo con calma y pause a menudo para hablar acerca de las ilustraciones. Pídale que pase las páginas y que señale los dibujos y las palabras conocidas. No olvide volverle a leer los cuentos o las partes de los cuentos que más le gusten.

No hay una forma correcta o incorrecta de compartir un libro con los niños. Saque el tiempo para leer con su niña o niño y transmítale así el legado de la lectura.

Adria F. Klein, Ph.D.
Profesora emérita, California State University
San Bernardino, California

Translation and page production: Spanish Educational Publishing, Ltd.
Spanish project management: Jennifer Gillis/Haw River Editorial

First Spanish language edition published in 2007
First American edition published in 2003
Picture Window Books
5115 Excelsior Boulevard
Suite 232
Minneapolis, MN 55416
1-877-845-8392
www.picturewindowbooks.com

First published in Great Britain by Franklin Watts, 96 Leonard Street, London, EC2A 4XD
Text © Barrie Wade 2001
Illustration © Kristina Stephenson 2001

Printed in the United States of America.

Library of Congress Cataloging-in-Publication Data
Cassidy, Anne, 1952-
[Crying princess. Spanish]
La princesa llorona / por Anne Cassidy ; ilustrado por Colin Paine ; traducción, Clara Lozano
p. cm. — (Read-it! readers en español)
Summary: No one can stop Princess Lía from crying, until Prince Tom arrives with a
good solution.
ISBN-13: 978-1-4048-2654-0 (hardcover)
ISBN-10: 1-4048-2654-8 (hardcover)
[1. Crying—Fiction. 2. Princesses—Fiction. 3. Kings, queens, rulers, etc.—Fiction.
4. Princes—Fiction. 5. Spanish language materials.] I. Paine, Colin, ill. II. Lozano, Clara.
III. Title. IV. Series.

PZ73.C37284 2006
[E]—dc22   2006005116

La princesa llorona

por Anne Cassidy
ilustrado por Colin Paine
Traducción: Clara Lozano

Asesoras de lectura:
Adria F. Klein, Ph.D.
Profesora emérita, California State University
San Bernardino, California

Ruth Thomas
Durham Public Schools
Durham, North Carolina

R. Ernice Bookout
Durham Public Schools
Durham, North Carolina

PiCTURE WiNDOW BOOKS
Minneapolis, Minnesota

La princesa Lía lloraba todo el tiempo.

Berreaba en la mañana.
Chillaba en la tarde.

La reina no aguantaba.
Se puso algodón en los oídos.

El rey le dio a Lía una corona y un collar.

La princesa Lía lloró más.

El arlequín quiso ayudar.
Le contó un chiste a Lía.

La princesa Lía berreó más fuerte.

El mago la quiso hechizar.

La princesa Lía le rompió su varita mágica.

13

El rey no sabía qué hacer.

—Le daré todo mi oro a quien logre que deje de llorar —dijo.

El príncipe Tom llegó de un lugar muy, muy lejano.

—Puedo hacer que la princesa deje de llorar —dijo.

—Quítale esa tonta corona —le dijo al rey.

—Ahora, cárgala —le dijo a la reina.

—Dale un poco de leche tibia —dijo Tom.

La princesa Lía dejó de llorar.

El arlequín y el mago se pusieron
muy contentos.

El rey le dio todo su oro al príncipe Tom.

Todos estaban felices…

...todos, menos el rey y la reina.

Ya no tenían oro.

La reina lloró y sollozó.

El rey berreó y chilló.

¡Y la princesa Lía se puso algodón en los oídos!

Más *Read-it!* Readers

Con ilustraciones vívidas y cuentos divertidos da gusto practicar la lectura. Busca más libros a tu nivel.

Gato Chivato	1-4048-2662-9
La pata Flora	1-4048-2661-0

FICCIÓN

El mejor almuerzo	1-4048-2697-1
Robi el robot	1-4048-2698-X
Ocho elefantes enormes	1-4048-2653-X
Los miedos de Mario	1-4048-2652-1
Mary y el hada	1-4048-2655-6
Megan se muda	1-4048-2703-X
¡Qué divertido!	1-4048-2651-3

CUENTOS DE HADAS

La Cenicienta	1-4048-2658-0
Los tres cabritos	1-4048-2657-2
Juan y los frijoles mágicos	1-4048-2656-4
Ricitos de Oro	1-4048-2659-9

¿Buscas un título o un nivel específico? La lista completa de *Read-it!* Readers está en nuestro Web site: *www.picturewindowbooks.com*